*O dia muito louco do professor Kant*

# O dia muito louco do professor Kant

(baseado na vida e na obra de Immanuel Kant)

**Escrito por**
Jean Paul Mongin

**Ilustrado por**
Laurent Moreau

**Tradução**
André Telles

martins fontes
selo martins

Naquele fim de século XVIII, Königsberg era uma pacata cidadezinha da Prússia Oriental. Dominada pelas torres de seu célebre castelo, residência de diversas corujas e de alguns prisioneiros entediados no fundo das masmorras, a antiga cidade construída pelos cavaleiros teutônicos já vivera grandes momentos.

Não evocaríamos a nostalgia dos crepúsculos à volta deste cidadão que, chegando em casa, dava as costas para a vasta e monótona planície polonesa, se esse cidadão não fosse o professor Immanuel Kant.

Dizem que Deus criou Immanuel Kant num dia em que estava à cata de um parceiro para jogar xadrez.

Mas, francamente, Kant não tinha temperamento de jogador e preferiu ser professor de Filosofia em Königsberg. Martin Heidegger, um de seus futuros estudiosos, igualmente sensível aos encantos da planície polonesa, assim resumiria sua vida: "Kant nasceu, trabalhou e morreu". Em Königsberg, poderíamos acrescentar.

Enquanto se anunciava uma límpida manhã de verão, Lampe, criado do professor Kant, irrompeu no quarto onde este último, embrulhado no lençol, parecia dormir um sono sem sonho.
"Está na hora!", resmungou Lampe, dirigindo-se ao patrão. Antigo soldado prussiano, Lampe era um sujeito meio rude. Apesar disso, acordava diariamente o professor às cinco para as cinco com uma pontualidade infalível, e era isso que contava. Sem dizer uma palavra, Immanuel Kant punha-se de pé, deixava-se barbear as faces e empoar a peruca. Sob a calça, um pequeno sistema de suspensórios prendia suas meias sem prejudicar a circulação sanguínea. Kant então acertava o relógio de pulso e adentrava dignamente seu gabinete de trabalho, onde iniciava o ritual de despachar a correspondência fumando um cachimbo.

Instalado próximo à estufa, de frente para a janela que dava para a torre do velho castelo, o professor Kant começou por responder às tolices de sempre. Aliás, nos últimos tempos, a leitura das gazetas – atividade que a prisão de ventre frequentemente lhe impunha – só o deixava ainda mais irritado. Mas algumas coisas eram realmente duras de engolir! Por exemplo, um excêntrico sueco que ousava adivinhar o futuro e se comunicar com os mortos...

O tal sueco, o pretenso cientista Swedenborg, dizia a quem quisesse ouvir que conversava com fantasmas. E dava como exemplo a viúva de um embaixador holandês, que, graças a seus serviços, teria encontrado o recibo perdido de uma fatura cobrada por um joalheiro desonesto, quando na realidade seu finado marido deixara tudo pago antes de ir morrer não se sabe onde.

"Você vai ver, seu fantasma holandês voador de uma figa, como vou botá-lo no chão rapidinho...", murmurou Kant.

"Tantos esforços para nos elevar à ciência, para rechaçar preconceitos e superstições, para expandir as luzes da razão, tanto rigor, sacrifícios... e ainda sou obrigado a ler essas charlatanices!", refletia nosso herói.

"Como se um espectro pudesse agir sobre as coisas! Como se o mundo não passasse do delírio de um fantasma!".

Com uma penada, o professor Kant acertou suas contas com o sueco Swedenborg e suas visões. "A inutilidade desse tipo de fenômeno", escreveu, "o grande número de dificuldades a ele ligadas, a trapaça quase sempre descoberta como sua origem, a credulidade dos que o disseminam, tudo isso faz com que, em geral, além de não julgar conveniente, eu acredite que não valha a pena ter medo de cemitérios."

"Os únicos profetas que conheço são os que constroem o futuro", concluiu Kant, com malícia.

A História preservou um retrato bem triste de Immanuel Kant. As paredes encardidas de sua casa, jamais alegradas pela visita de qualquer senhorita, pareciam proteger apenas a solidão de severas meditações.

Porém, na opinião do professor, era trabalhando que se apreciava melhor a vida. Quando restaurava magistralmente, como naquela manhã, o império da razão, Kant não podia conter um arroubo de entusiasmo, que se prolongava numa doce embriaguez.

Certificando-se de que ninguém o espiava, arriscava então alguns passos de dança ao redor de seu astrolábio. No fundo, nada encantava tanto o professor Kant como a simetria daquele astrolábio. Manejando suas molas e ponteiros, ele deslocava em sua superfície os pequenos planetas a fim de calcular a posição futura de um corpo celeste.

"Eis a ciência!", pensava Kant. "Todos os dias vemos o Sol nascer e se pôr, como se ele girasse ao redor da Terra. Entretanto, Anatólio Copérnico demonstrou que na realidade é a Terra que gravita em torno do Sol!

Ele não se deixou iludir pelo senso comum, que observa passivamente as mudanças no céu... Ao contrário, concebeu e calculou os movimentos dos astros. Com seus experimentos, submeteu o Cosmo a um processo, assim como um juiz obriga uma testemunha a responder.

Copérnico ditou as regras de seu próprio espírito à natureza, a fim de estudá-la! Constituiu o objeto de sua ciência!

É o Sol, e não a Terra, que ocupa o centro do Universo. É meu espírito, e não o objeto, que ocupa o centro do conhecimento... Que revolução!".

Esse breve momento de alegria chegou ao fim da maneira mais súbita, quando, em pleno *entrechat*[1], o professor percebeu em sua escrivaninha uma carta com delicada caligrafia, coisa que a princípio lhe escapara. Pressentindo uma contrariedade drástica no seu dia, Kant andou de um lado para o outro, mergulhando então numa profunda reflexão.

---

1. Salto durante o qual os pés do bailarino se cruzam rápida e alternadamente.

Que espátula seria mais adequada para abrir um envelope florido e discretamente perfumado? Ora, nem em seu próprio espírito fora capaz de conceber objeto tão especial: aí é que estava o problema!

Kant expulsou de seus pensamentos a tênue imagem dos cachos louros e do rosto vivo, cheio de emoção, da condessa Keyserling, em cuja casa havia sido preceptor. Uma noite, anos atrás, ela demonstrara uma curiosidade pelas coisas filosóficas que superava amplamente as expectativas do jovem cientista, "instruindo-o na arte da boa conversa", como ele dizia.

Examinando-se no espelho, perguntou a si mesmo se, atrás daquele indivíduo baixinho, com um torso quase côncavo e uma testa inchada sobranceando um olhar taciturno, alguém poderia reconhecer, e talvez quem sabe amar, o verdadeiro Immanuel Kant. "E dizer que o mesmo se dá com todas as coisas com que deparo...", pensou Kant. "Não me vejo como os outros me veem, uma vez que o espelho me devolve sempre uma imagem invertida. Tampouco vejo o mundo exatamente como os outros o veem. E ninguém pode ver o mundo como ele é em si mesmo!".

Essas reflexões não fizeram o professor Kant esquecer a hora da aula que tinha para dar. Meteu a carta, ainda lacrada, no bolso, pegou seu tricórnio e seu espadim, e dirigiu-se à Universidade de Königsberg, passando uma única vez por cada um dos sete pontos da cidade, segundo um itinerário cujo segredo nunca ninguém desvendou.

No meio do caminho, Kant avistou seu colega Jean-Jacques Rousseau fazendo piruetas num jardim. "Eu o saúdo, Jean-Jacques, Newton da moral!", cumprimentou-o.

Antigamente, o professor Kant desprezava o povo ignorante e colocava o conhecimento acima de tudo, embora nunca recusasse uma partida de bilhar ou uma taça de vinho. Jean-Jacques lhe mostrara, por trás da diversidade das raças e culturas, a unidade da natureza humana, e então ele aprendeu a respeitá-la.

Agora, Jean-Jacques não queria mais saber de filosofia, dedicando todo o seu tempo livre a enriquecer seu herbário. Sua procura por curiosidades botânicas raramente o levavam a Königsberg. Kant estava morrendo de vontade de lhe mostrar a carta que recebera, mas desistiu: Jean-Jacques parecia não entender nada dos assuntos do amor.

Na universidade, Kant postou-se diante de sua tribuna como se fosse uma bigorna e pronunciou sua aula à maneira de um ferreiro malhando o ferro.

"Os conhecimentos humanos", martelou aos alunos, que se espremiam à sua volta e se aglomeravam até no corredor, "são de dois tipos: de um lado, temos o que se aprende pela experiência, como o sabor específico da sopa de enguias; de outro, há o que é universal e necessário, o que aprendemos pelo exercício da razão, na matemática ou na filosofia. No caso da matemática, parto de definições indiscutíveis, como equações, por exemplo.

Com a filosofia, ao contrário, busco produzir definições. Eis por que os filósofos fazem muitas perguntas: 'O que posso saber? O que devo fazer? O que me é permitido esperar? A que horas é o almoço?'.

No fundo, o que a filosofia procura definir é um método para eu usar minha razão e legitimar sua finalidade. A filosofia é a ciência dos fins últimos do objetivo último da razão humana, ou seja, é a ideia de uma sabedoria perfeita. Isso é bastante concreto, vocês verão: não aprendemos filosofia. Aprendemos a filosofar."

"Ah! A razão, nossa maravilhosa e cruel amante... Atormenta-nos a todos com perguntas impossíveis de rechaçar, como saber se Deus existe, se nossa alma é imortal, se somos livres... E deparamos com os outros filósofos na arena do sobrenatural, onde se enfrentam gladiadores em combates exibicionistas, sem que jamais um campeão tenha conquistado um troféu. Posso provar que Deus existe, posso provar que ele não existe. Mas, cá entre nós, admitam que é um pouco confuso!

Assim, antes de abordar esse problema, devemos submeter a razão a uma crítica: a ciência precisa passar por um tribunal, que apontará suas pretensões legítimas e seus limites. Descobriremos então que a ciência não pode responder a todas as perguntas: para conhecer alguma coisa, devo poder inseri-la no espaço e no tempo, que são as condições, a moldura que meu espírito imprime a qualquer experiência. Impossível estudar Deus no espaço e no tempo! Agora vocês entendem por que não é aconselhável insistir em suas crenças, ou vocês não compreendem nada e pensam que sou realmente o grande chinês de Königsberg[2]?".

---

2. "O grande chinês de Königsberg" era o apelido pejorativo pelo qual Nietzsche chamava Kant.

Os estudantes riram, mas o professor Kant continuava todo sério.

"Não estou falando de fé, estou falando de saber. Peguemos a liberdade, por exemplo, o ato livre", continuou. "Já fizeram alguma coisa de maneira completamente livre, absolutamente desinteressada? É legítimo duvidar disso. Nunca saberemos. O ato livre não se explica, caso contrário, deixa de ser livre. Ora, não podemos conceber que alguma coisa chegue, sem mais nem menos, de lugar nenhum. Não existe começo na natureza, apenas cadeias de causas e efeitos.

Tomemos o exemplo de um mentiroso. Se quisermos explicar seu ato, diremos que ele é induzido a mentir pelas más companhias, que é determinado desde a mais tenra infância a cometer o mal, que não faz senão cumprir seu destino... Onde está a liberdade nisso tudo?".

Naquele dia, vários alunos testemunharam que o professor Kant, armado com sua metralhadora metafísica, subira aos céus, massacrara a guarnição sobrenatural, afogara Deus em seu sangue, dilacerara a liberdade e deixara a alma imortal agonizante.

Então, vendo o estupor nos rostos de seu auditório após a terrível carnificina que acabava de perpetrar no mundo do conhecimento, o professor Kant decidiu ser indulgente e ressuscitar Deus, a liberdade e a alma imortal, aplicando sua varinha de condão no mundo moral:

"Fiquem tranquilos", disse, com uma risadinha. "Não é porque não podemos provar a liberdade, a existência de Deus e a imortalidade da alma que não podemos concebê--las. Por outro lado, essas perguntas podem não encontrar resposta na ordem da ciência, sendo resolvidas do ponto de vista da moral.

Meu mentiroso de agorinha: se o criticamos por ter mentido, é porque o consideramos responsável por seu crime! Logo, livre! Não existe fatalismo aqui nem circunstâncias atenuantes, acabemos com isso! Enforquemos o mentiroso! Isso sim é concreto!

Na prática, convém de fato supor que somos responsáveis por nossos atos, que nossa alma sobreviverá e que Deus terminará recompensando os homens de boa vontade... Caso contrário, não valeria mais a pena ser mau e feliz do que bom e infeliz?".

O professor Kant deixou a Universidade de Königsberg esmagado pelo peso de seu próprio gênio. É, às vezes ele ficava assim, cansado de si mesmo e do mundo. Hoje, porém, a essa melancolia rotineira misturava-se uma ponta de entusiasmo galante. Kant decerto sabia que a filosofia não o faria feliz, pois a felicidade não vinha coroar o saber, mas, em compensação, o doce bilhete que ele tinha no bolso...

Kant parou em frente ao porto de Königsberg, numa taberna que costumava frequentar, e pediu uma xícara de café. Depois, sem mais preâmbulos, abriu a carta.

*Caro amigo,*

*Não se espante por eu estar escrevendo
a um filósofo tão ilustre! Eu esperava encontrá-lo
ontem no jardim, de modo que eu e minha amiga
percorremos todas as aleias! Como não o encontramos
sob os céus, entretive-me fazendo esta fita de espada,
a qual lhe envio. Espero ter o prazer de encontrá-lo
hoje à tarde; já o ouço suspirar "Sim, sim, lá estarei!".
Vamos esperá-lo, portanto, e meu relógio também
estará acertado (perdoe-me esta lembrança).
Minha amiga e eu lhe mandamos um terno beijo
que os ares lhe transmitirão sem alterar seu ardor.
Seja feliz e cuide-se.*

*Maria Charlotta J.*

Maria Charlotta era muito mais jovem que o professor Kant. Aparecia e desaparecia sem mais nem menos, dependendo da inspiração de seus caprichos ou dos movimentos dos estados-maiores russos ou prussianos. Não tinha muita inteligência, mas sabia apreciá-la. Era o oposto daquelas mulheres às quais Kant tinha horror, aquela espécie de amazona intrometida a discutir mecânica ou palpitar no grego antigo! A estas, só faltava a barba para exprimir melhor a profundidade de seus pensamentos!

Na opinião do professor Kant, a fita de espada anexada à carta era uma gentil delicadeza, e a alusão ao relógio acertado, um tanto estúpida.

Empolgado, o grande chinês de Königsberg sorveu a brisa de verão no porto, contemplando o baile dos navios que vinham de regiões fantásticas, carregados de especiarias ou do café que ele adorava. Kant passara parte de sua vida ensinando, além de matemática ou pirotecnia, geografia como ninguém.

Mas era tão pouco viajado que nunca vira um deserto, nem sequer a crista de uma montanha. Dois ancestrais escoceses, um tanto imaginários, incontáveis conversas em sociedade, os relatos de exploradores fornecidos pela biblioteca real e, por fim, as tripulações do porto davam-lhe no entanto oportunidade para profundas reflexões sobre as espécies que povoavam a Terra e sobre as características nacionais...

"Por exemplo, o peixe beluga", declarava Kant, "muito comum na Rússia durante as cheias anuais do rio Volga, engole pedras enormes para ficar pesado e se manter no fundo da água. Por outro lado, não há lugar em que se bebe mais do que na Sibéria... O espanhol é sério, discreto e muito orgulhoso. Se passarmos por ele enquanto trabalha com seu arado, ele atravessará a plantação com sua longa capa, brandindo uma espada.

O francês é acima de tudo espirituoso.
O inglês, prudente e obsessivo, facilmente inclinado ao absurdo, despreza tudo o que é estrangeiro.
O alemão é honesto e metódico em tudo, inclusive no amor.

Quanto aos habitantes dos outros planetas, quanto mais seu astro é distante do Sol, mais etéreos eles são... Logo, os habitantes de Vênus ou Mercúrio são pesadíssimos comparados aos habitantes dos planetas mais distantes, tanto quanto Newton o seria com relação a um esquimó da Groenlândia. Em contrapartida, os habitantes de Júpiter possuem um corpo extraordinariamente leve.".

Se Immanuel Kant ia tomar seu café no porto, era porque em casa proibiam-lhe essa bebida, que não lhe fazia bem. Por outro lado, sentia-se como um navegador prestes a partir: em busca da ilha da inteligência pura, país da verdade.

À sua volta, vastos e tempestuosos oceanos, tal como as aparências deste mundo, oferecem apenas nevoeiros densos, geleiras frágeis, ilusões de terras novas. Essas águas seduzem com vãs esperanças o filósofo marítimo que sonha com descobertas, aventuras das quais não pode se esquivar, mas que permanecem inacabadas.

Não seria mais negócio permanecer em terra firme, contentar-se com ela e defendê-la contra os inimigos, passando para fazer uma visita a Maria Charlotta toda tarde?

# Está na hora!

O criado Lampe, à uma em ponto, apresentou-se na sala para anunciar ao patrão: "Está na hora!". O professor Kant chegara exatamente na hora de receber seus convidados. Nunca fazia sua única refeição diária sozinho, pois isso tirava seu apetite. Seus devaneios provocavam-lhe então má digestão, causa de todas as doenças mentais. O número de convidados variava entre o das Graças, isto é, três, e o das Musas, nove, de maneira que a conversa nunca esmorecia, sem contudo se dispersar. Na verdade, costumava encontrar os mesmos amigos todos os dias.

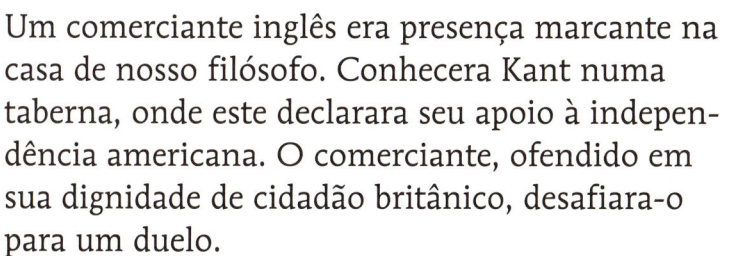

Um comerciante inglês era presença marcante na casa de nosso filósofo. Conhecera Kant numa taberna, onde este declarara seu apoio à independência americana. O comerciante, ofendido em sua dignidade de cidadão britânico, desafiara-o para um duelo.

Kant fingira desembainhar sua espada e depois recuara, pois não sabia quase nada de esgrima. Tentando justificar sua atitude devido a seu apreço pela Inglaterra, discorrera sobre a liberdade dos povos. Tão longamente e tão bem que Joseph Green e ele se reconciliaram e viraram amigos.

Naquele dia, um filósofo francês, que viajara de Paris para assistir ao curso do professor Kant e discutir moral, também estava presente.

O professor Kant tentou animar a conversa com algumas piadas que só ele sabia. Contou então a história de um herdeiro que não conseguia proporcionar um enterro digno a seu benfeitor porque, quanto mais dinheiro dava às carpideiras, mais elas riam em vez de chorar.

Como o efeito cômico foi menor do que o esperado, Kant relatou o caso de um rico comerciante cuja embarcação se debatia em meio a uma enorme tempestade no mar. Para salvar o navio, ele foi obrigado a jogar toda a sua fortuna na água! Sabem o que aconteceu? O comerciante não ficou de cabelos brancos por isso... foi sua peruca que ficou branca!!!

Para o professor Kant, o riso contribuía para uma boa digestão, o que o levou a compartilhar com Green e o filósofo francês algumas reflexões sobre a higiene. Kant era inesgotável sobre os malefícios da cerveja ou da eletricidade, recomendando mergulhar os pés na água gelada para evitar a atonia das artérias distantes do coração. Descreveu as vertigens causadas por pensar andando, o que, por sua vez, ele não conseguia evitar. Por fim, seu remédio tiro e queda contra a insônia era pensar em Cícero, orador romano.

Segundo Kant, cada um devia determinar o que era melhor para sua saúde em função de seu temperamento, se colérico ou sanguíneo. O filósofo, de natureza melancólica, aplacava sua inquietação doentia graças a um rigoroso regime. Mas o melancólico, ao fazer uma profunda ideia da natureza humana, obedecia mais facilmente à sua consciência.

– Professor – interrompeu-o o filósofo francês –, o indivíduo seria então mais ou menos moral dependendo de seu temperamento?

– Não falo senão de disposições – respondeu Immanuel Kant, bastante sério. – Contanto que ainda disponha de sua razão, o senhor é absolutamente livre para agir moralmente, seja qual for seu temperamento ou as circunstâncias.

– No entanto, há circunstâncias que fazem com que um crime tenha diferentes apreciações: o mentiroso de sua aula, hoje pela manhã, que o senhor mandou para a forca, talvez estivesse mentindo para proteger alguém. Mentir às vezes é mais moral do que dizer a verdade...

– Há quem faça disso sua profissão – brincou o comerciante Green.

– Não concordo com os senhores, cavalheiros – replicou Kant. – A mentira é a contradição entre a fala e o pensamento; ela arruína a própria essência da fala, que é a confiança. Todo discurso promete a verdade, até o do mentiroso. Eis por que a mentira é o ato mais contraditório, e logo o mais imoral.

– Por acaso nunca mentiu, Kant? – interrogou Green, que não se deixava distrair facilmente quando lhe serviam salsichas de Göttingen.

– Claro que sim, e me sinto envergonhado todas as vezes que penso nisso.

– Mas vamos admitir que um amigo se refugie em sua casa, perseguido por um assassino – ponderou o filósofo francês. – Se o assassino lhe perguntar onde é o esconderijo de seu amigo, o senhor irá mentir?

– Eu preferiria me recusar a responder, imagino.

– E supondo que fosse obrigado a tal?

– Nesse caso – disse o professor Kant –, diria a verdade. Dizer a verdade permanece um dever, ainda que disso resultem graves inconvenientes.

– Ele matará seu amigo! É de fato um grave inconveniente! – gargalhou Green, hilário.

– Como pode saber? Talvez vizinhos cheguem a tempo para impedir. Talvez meu amigo consiga escapar e o assassino o encontre justamente na rua, caso eu lhe diga que ele não está em minha residência. Pouco importa! A honestidade é um dever! Se tolerarmos qualquer exceção, não haverá mais moral.

– Meu caro Kant, o senhor é um terrorista – divertiu-se Green.

– Professor, prefiro tê-lo como ídolo a tê-lo como amigo! – disse o filósofo francês.

– Meu amigo, não existe amigo – sorriu Kant, citando Aristóteles.

– Quer saber o que é verdadeiramente moral? O que pode ser considerado absolutamente bom? – insistiu Immanuel Kant.

– A inteligência – sugeriu o filósofo francês. – É a inteligência que faz o progresso das ciências!

– A saúde – respondeu o pragmático Green.

– Ora, vamos! A inteligência? A saúde? Mas, se dotarmos um ladrão de inteligência, saúde ou coragem, ele só ficará mais perigoso... Ele se tornará... uma espécie de gênio do mal! Não, eu vos digo, a única coisa realmente boa é a vontade de fazer o bem.

– Mas é preciso saber o que é o bem! – observou Green.

– Não é preciso nenhuma ciência para ser honesto e bom – replicou Kant. – Basta agir como todos deveriam agir. Digo a verdade porque quero que todos os homens digam a verdade sempre e em qualquer lugar. Trato a humanidade em mim e nos outros sempre como um fim, e nunca simplesmente como um meio.

– Aí está uma bela lei moral – reconheceram os dois convidados.

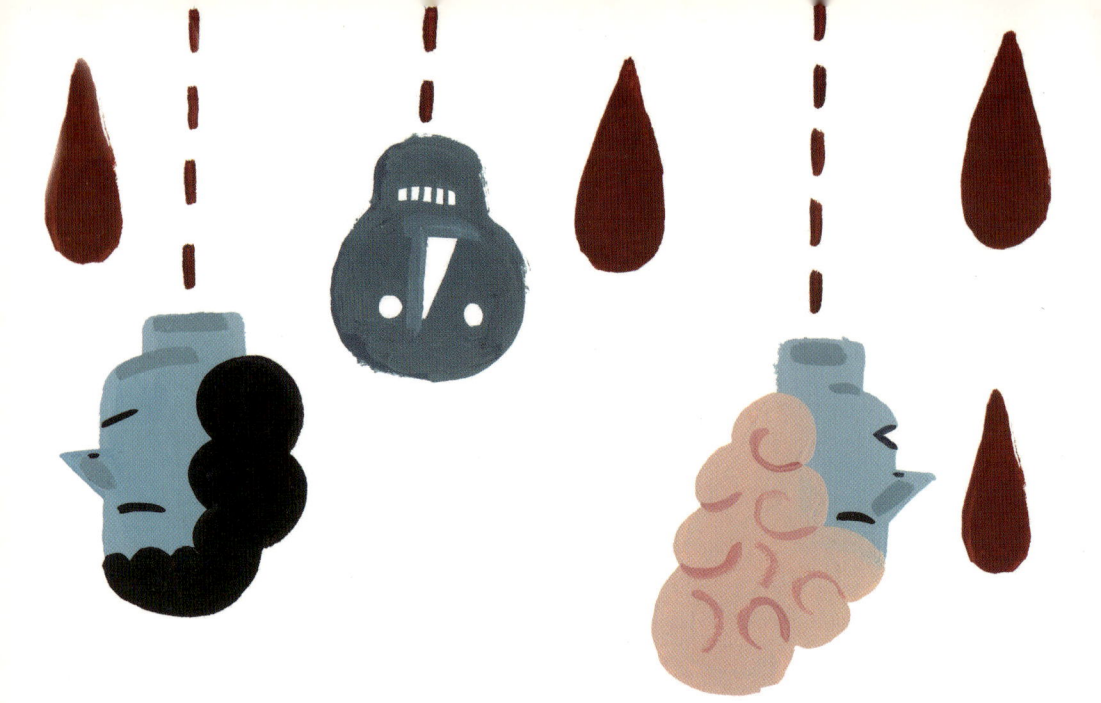

Em seguida, comentaram as últimas notícias de Paris: o jovem filósofo francês contou que os estados-gerais, convocados pelo rei Luís XVI para pagar os brincos de sua mulher, haviam degenerado na mais completa confusão. Os deputados do terceiro estado, arrastando com eles alguns membros da nobreza e do clero, haviam interrompido uma partida de jogo de pela[3]. Por causa disso, começaram a cortar cabeças freneticamente, o que atestava uma clara reviravolta no temperamento leviano e espirituoso atribuído aos franceses pelo professor Kant.

Os sentimentos deste último estavam divididos: de um lado, tudo aquilo prenunciava uma grande anarquia, o que Kant abominava acima de tudo. Interromper uma partida de jogo de pela! Era possível imaginar crime mais hediondo?

---

3. Jogo semelhante ao tênis, praticado com raquetes e uma bola de borracha.

Por outro lado, embora aquela revolução houvesse começado na maior desordem e ilegalidade, a nova ordem que se desenhava despertava toda a sua simpatia. A perspectiva de um equilíbrio e de uma clara distinção entre o poder legislativo, que faz as leis, o poder executivo, que governa segundo essas leis, e o poder judiciário, que garante seu respeito, parecia-lhe um progresso. Com ou sem Luís XVI no trono, a tirania chegara ao fim. Uma paz universal terminaria por se estabelecer entre todos os povos, e talvez até entre os filósofos. A insociável sociabilidade do homem, que o impele a se destacar entre seus semelhantes (devido à sua ambição por honrarias, apetite por poder ou ganância), se resolveria com o triunfo do Direito...

O criado Lampe, que não perdera um pingo da conversa, correu ao seu quarto para pegar suas pistolas, amolar sua velha lança e esconder suas economias.

Dizem que nesse dia Immanuel Kant ficou em casa, preocupado com o anúncio da Revolução Francesa. Porém, segundo outros testemunhos, o professor, convocado pela doce Maria Charlotta, sumiu discretamente no jardim. Usando uma camisa de renda engomada e uma fita de espada nova, o professor teria na verdade passado uma tarde deveras galante.

"Ó mulher, rechaçaste-me tantas vezes!", ele teria suspirado a Maria Charlotta. "Conduzes-me para excitações ideais e, progressivamente, do desejo animal para o amor! Com o amor, a sensação do que é agradável se torna para mim inclinação por tua beleza. Minha imaginação brinca alegremente com meu entendimento e, diante de ti, sinto-me vivo! Ó Maria Charlotta, és mais bela que a mais bela das flores! És tão bela como… o meu astrolábio!".

Ninguém pode imaginar o sucesso obtido por tão entusiasmada declaração.

55

O fato é que o professor Kant acabou não dando seu passeio digestivo. Ora, esse passeio, de tão rotineiro, tornara-se o verdadeiro relógio da cidade de Königsberg. Desde sempre, seus cidadãos acertavam o relógio de casa de acordo com a passagem do filósofo depois do almoço.

Resumindo: sua ausência mergulhou Königsberg e o Universo inteiro no caos. O pastor se esqueceu de dizer o ofício. O farmacêutico, um pouco alquimista, deixou suas fervuras no fogo, as quais explodiram, espalhando vapores tóxicos. O eremita que vivia na orla do bosque de Königsberg começou a uivar. Uma enorme quantidade de gatos morreu.

Na Suécia, o vidente Swedenborg foi atormentado por terríveis visões, e, por todas essas razões, ou por nenhuma delas, nuvens acumularam-se sobre a cidadezinha da Prússia, anunciando uma tempestade terrível, com chuva de sangue e de sapos.

O professor Kant, pr sua vez, ocupadíssimo a meditar sobre o belo e o agradável, fez como quem não quer nada a seguinte reflexão, que deveria refundar a metafísica: "Nossa, o tempo está para tempestade!".

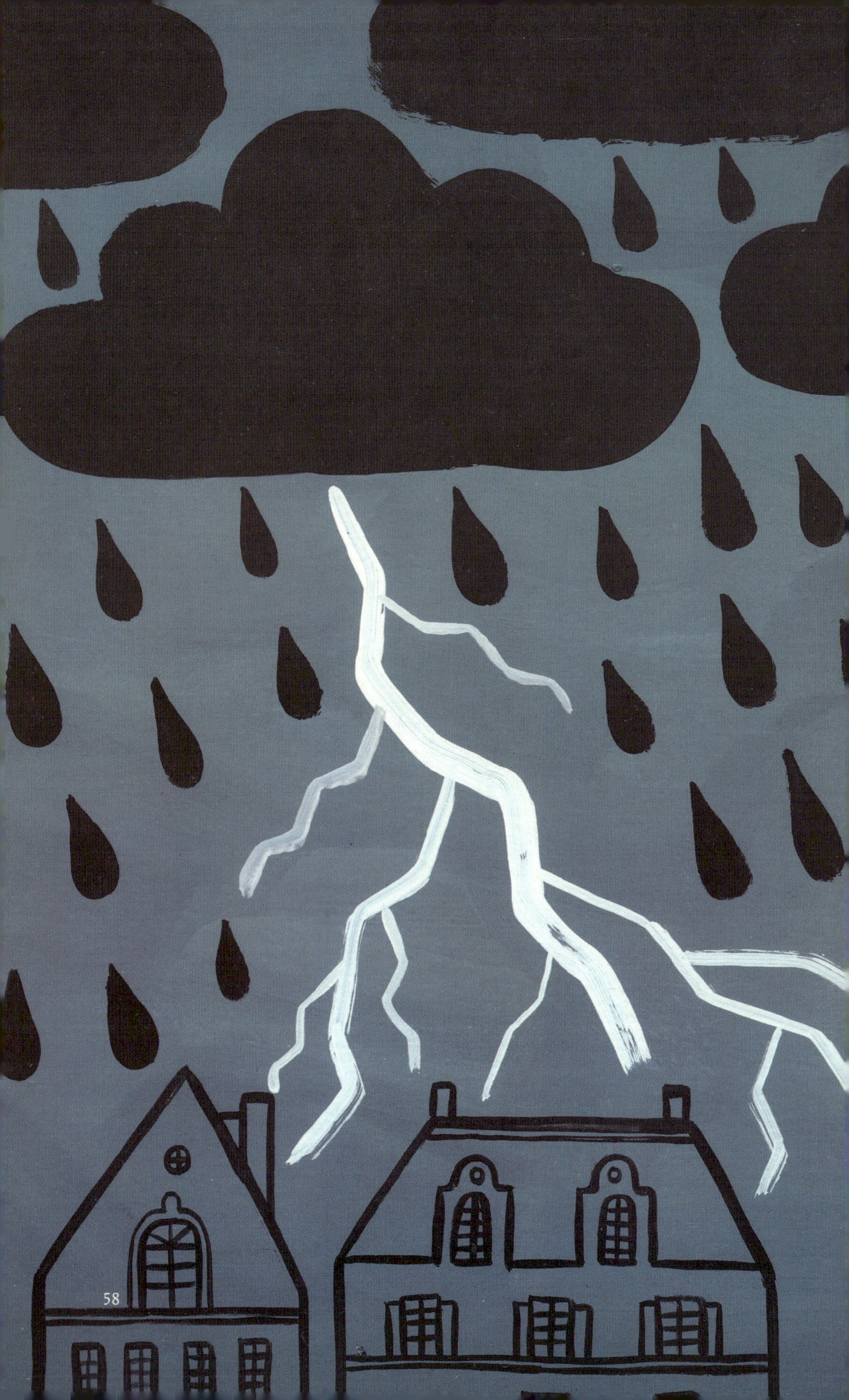

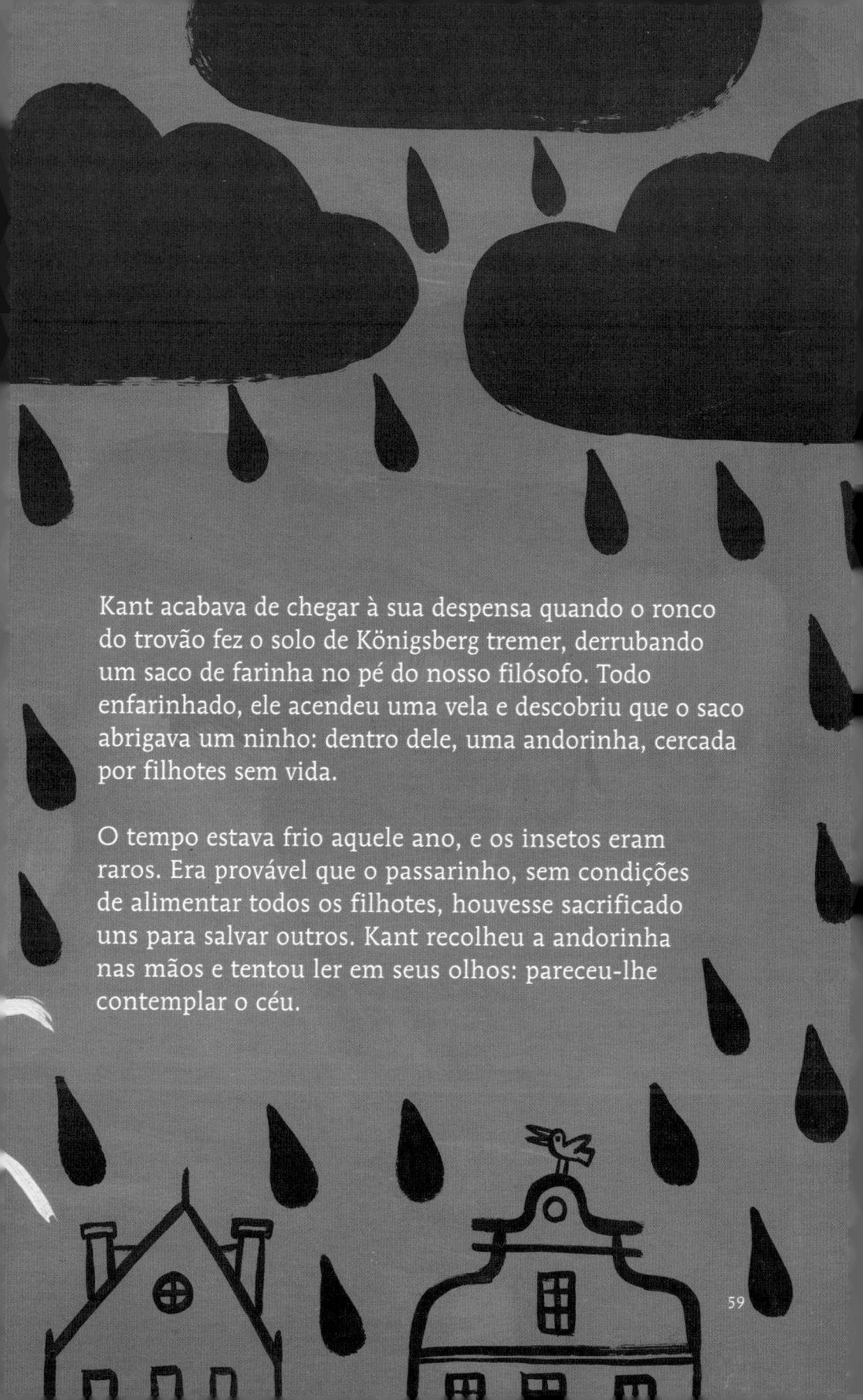

Kant acabava de chegar à sua despensa quando o ronco do trovão fez o solo de Königsberg tremer, derrubando um saco de farinha no pé do nosso filósofo. Todo enfarinhado, ele acendeu uma vela e descobriu que o saco abrigava um ninho: dentro dele, uma andorinha, cercada por filhotes sem vida.

O tempo estava frio aquele ano, e os insetos eram raros. Era provável que o passarinho, sem condições de alimentar todos os filhotes, houvesse sacrificado uns para salvar outros. Kant recolheu a andorinha nas mãos e tentou ler em seus olhos: pareceu-lhe contemplar o céu.

No andar de cima da casa, a tempestade fazia tremer as pilhas de livros e rodopiar as bolinhas do astrolábio. Ao chegar a seu gabinete de trabalho, Kant abriu a janela e percebeu que o campanário da igreja, atingido por um raio, estava em chamas. Imaginou por um instante que um para-raios de cobre poderia protegê-lo. Um novo relâmpago, acompanhado de um estrondo ensurdecedor, deu-lhe um calafrio na espinha. O professor Kant estava ao mesmo tempo fascinado e assustado. Como todas as coisas pareciam pequenas comparadas àquela tempestade!

Insensível aos pingos de chuva que lhe fustigavam o rosto, Kant contemplava aquela natureza sublime e enlouquecida no crepúsculo como uma imagem de sua própria mente.

61

A noite envolveu Königsberg. A tempestade se acalmou. A chuva parou, e as nuvens se dispersaram. Os habitantes, reunidos no adro da igreja em chamas, ofereciam o espetáculo de uma humanidade atarantada. Immanuel Kant deu uma piscadela para o retrato do amigo Jean-Jacques Rousseau, pendurado acima de sua escrivaninha. Nunca sentira alegria tão pura.

"Duas coisas", disse bem alto, "enchem minha alma de uma admiração incessantemente renovada: o firmamento acima de mim e a lei moral dentro de mim."

O professor Kant aspirou o ar da noite por alguns instantes. Enxugou então o rosto e, com um sorriso nos lábios, acertou seu relógio.

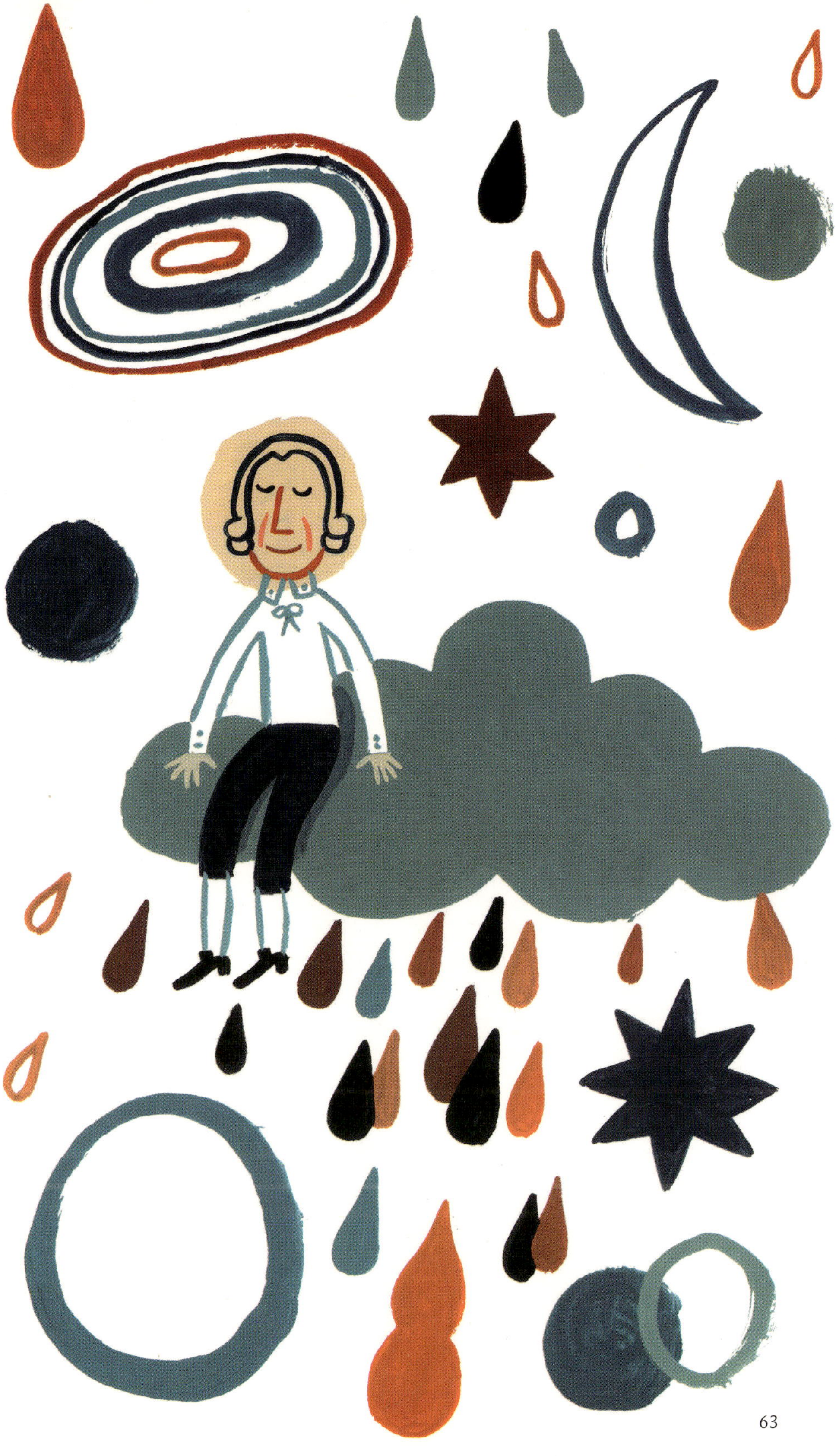

© 2012 Martins Editora Livraria Ltda., São Paulo, para a presente edição.
© Les petits Platons, 2010.
Esta obra foi originalmente publicada em francês sob o título *La Folle Journée du Professeur Kant* por Jean Paul Mongin.
Design: Yohanna Nguyen

| | |
|---:|:---|
| Publisher | Evandro Mendonça Martins Fontes |
| Coordenação editorial | Vanessa Faleck |
| Produção editorial | Cíntia de Paula |
| | Valéria Sorilha |
| Preparação | Lara Milani |
| Diagramação | Reverson Reis |
| Revisão | Flávia Merighi Valenciano |
| | Silvia Carvalho de Almeida |

Dados Internacionais de Catalogação na Publicação (CIP)
(Câmara Brasileira do Livro, SP, Brasil)

Mongin, Jean-Paul
   O dia muito louco do professor Kant : (baseado na vida e na obra de Immanuel Kant) / escrito por Jean-Paul Mongin ; ilustrado por Laurent Moreau ; tradução André Telles. – São Paulo : Martins Fontes – selo Martins, 2012. – (Coleção Pequeno Filósofo).

   Título original: La Folle Journée du Professeur Kant : d'après la vie et l'oeuvre d'Emmanuel Kant.
   ISBN 978-85-8063-056-5

   1. Filosofia - Literatura infantojuvenil  2. Kant, Immanuel, 1724-1804  3. Literatura infantojuvenil  I. Moreau, Laurent.  II. Título.  III. Série.

12-04632                                                          CDD-028.5

Índices para catálogo sistemático:

1. Filosofia : Literatura infantojuvenil  028.5
2. Filosofia : Literatura juvenil  028.5

*Todos os direitos desta edição reservados à*
**Martins Editora Livraria Ltda.**
Av. Dr. Arnaldo, 2076
01255-000 São Paulo SP Brasil
Tel.: (11) 3116 0000
info@martinseditora.com.br
www.martinsmartinsfontes.com.br